KB091875

꿈 꽃 피기까지

최이천 시집

시음사
시사랑음악사랑

깔끔한 문체(文體)로
청량한 마음의 시를 쓰는 최이천 시인

아무리 천재성을 가진 시인이라도 발표할 지면이 없으면 위대한 창작 작품은 저자가 땅속에 묻힐 때 함께 사라질 것이다. 창작자는 함께할 동료가 있고 공감해줄 수 있는 독자를 만나는 일이 시인의 본분이며 의무이다. 최이천 시인님도 이제 첫 시집 "꿈 꽃 피기까지"라는 제호(題號)에서 느껴지듯 시인의 꿈과 삶의 기록을 독자와 함께 시문창화(詩文唱和)를 시작하기 위한 첫 발을 내딛었다.

모든 문화예술 중에서 가장 으뜸인 문학을 창작하는 일은 어렵고도 힘든 작업이다. 누구나가 할 수 있는 일이 아니라 문학인으로서의 재능이 있어야 하는 일이다. 참다운 예술인으로서의 자부심이 있어야 명작을 남길 수 있다. 그러기에 예로부터 문학인을 존경하고 그 가치를 인정해 주었다. 최이천 시인님의 작품을 정독하다 보면 아름다운 미사여구의 사용이 절제되었으면서도 운율이 잘 나타나 있다. 시인만의 직설화법으로 의인법과 의성법을 적절히 사용하여 시작(詩作)을 하고 깔끔한 문체(文體)로 한 올 한 올 시를 엮는 청량한 시인이다.

최이천 시인님은 이제 오랜 시간 습작을 통해 얻은 시적 감각을 서정적이면서 부드러운 시어로 진솔하게 독자와의 만남을 시도하려 한다. 한 편의 작품 속에는 고향을 그리는 향수가 있는가 하면 또 한 편의 시(詩) 속에는 살아온 삶을 진솔하게 물으며 답하는 연민과 후회도 있다. 이러한 이미지를 전달할 수 있는 것은 시인이 삶에서 얻어진 산물인 만큼 한층 견고하고도 생생한 현장에서의 느낌이 생생하게 살아있다. 최이천 시인님의 첫 시집 "꿈 꽃 피기까지"를 시인의 작품을 사랑하는 많은 독자와 함께 기쁜 마음으로 추천한다.

(사)창작문학예술인협의회 이사장 김락호

시인의 말

인연 따라 세상에 와서
보이는 대로
적어 펼쳐보니 시가 되고
노래가 되었습니다

욕심을 섞으면 휴지가 되고
기교를 부리면 가벼워져
어디론가 날아가더이다
아끼고 묻어두면
봄눈 녹듯 형체가 사라집니다

보이는 그 시간 표현하여
묵혀두면 맛있게 익어가는
술처럼 숙성되어 누구나
읊으려 합니다

태초에 시가 있었고
이제야 임자를 만나
표현됐습니다
시와 시인의 만남은 행운입니다

시각이 조금만 틀어져도
만날 수 없는 시가 수군거리고 있습니다.
여기에도 저기에도 나를 봐주시라고
손짓합니다

시인은 시를 찾아내는 탐험가
자연의 속심을 글로 읽어내는
창작 심연의 고뇌 침묵의 고독

그래도 아름다웠습니다

시인 최이천

♣ 1부 – 세상은 메아리

♣ 2부 - 영혼의 햇빛

♣ 3부 - 고향냄새

♣ 4부 – 흘러가요

♥ 본문
시낭송
감상하기

QR 코드 | 스마트폰으로 QR 코드를 스캔하면
시낭송을 감상할 수 있습니다.

 제목 : 가망
시낭송 : 박순애

 제목 : 비
시낭송 : 박영애

 제목 : 맴돌이
시낭송 : 박순애

 제목 : 상큼한 바람
시낭송 : 박영애

 제목 : 그 집 앞
시낭송 : 박영애

 제목 : 잔영(殘影)
시낭송 : 박순애

 제목 : 울림
시낭송 : 박영애

시인은 자연을 이야기하고
시낭송가는 자연을 품었다.
글자는 날개를 달아 언어로 날고
소리는 자연에 눕는다.

1부 – 세상은 메아리

아무나 할 수 없는
천상의 대화
어느 때라도 할 수 있어.
기쁘고 즐겁다

가망

흥얼흥얼 버린 말들이
시 되어 살아온다
시시한 시라고 던져 버리니

노래가 되어 뜨고 있다
버릴 것은 없는가 보다
좋은 것은 좋은 것대로
나쁜 것은 나쁜 것대로

의미 있는 선율로 모아 오르니
여름날 시골 외갓집 마당에

소낙비 떨어지는 모습이어라
갑자기 양철 지붕 때리는 소리
불 번쩍하더니 우르르 쾅 쾅
천둥소리 그때는 놀라고 무서웠지

지금은 마음속에
소야곡처럼 감미로워져
쓸모없다 한 나를
가망 속으로 오라고 손짓해

가망은 아름다운 날개를 달아준다
노란 망토 입고 가망 속으로 날아 가보자

제목 : 가망
시낭송 : 박순애
스마트폰으로 QR 코드를 스캔하면
시낭송을 감상할 수 있습니다.

백지

잃어버린 백지
찾으러 가요
태어날 때 가져온
소중한 백지
흰 눈같이 하얀 마음의
백지 잃어버렸소

어디 가면 찾을까요
더덕더덕 때묻은
여기 나의 백지에
아무것도 그릴 수 없소

지우려 해도 지워지지 않으오
이대로 그림 그리면
욕심이라는 낙서 되고
한 줄 글을 쓰면
쓰레기라고 읽어집니다

닦고 지워서 백지가 되면
그 위에 세상에 하나밖에 없는
사랑이라는 그림을 그리렵니다

비

변화무쌍이었지
기다리다 지치고
무서워서 도망가
미워서 때렸지!

어서 오라하고 그만 오라 했어.
웃음 샘 넘치고 눈물샘 넘치고
그리움 잔 미움 잔 채우며

오만상 그리며 흘러내렸어.
음악을 만나면 그리움
바람 만나면 난타

그냥 세게 떨어지면 피아노 건반 때리는 연어 꼬리
우산 위에 내리면 정이 흐르고
양철 지붕 또닥거리면 자장가 잠들었지

천둥·번개 함께 때리면 소가 뛰고
닭도 울고 개는 마루 밑으로
나는 기둥 뒤에 숨었지

감나무잎 뜀틀에 톡톡 뛰어
가랑비로 큰 나무 밑 작은 풀에
내려와 주니 고맙다 하오

삼 년 동안 오지 않아 거북등처럼
갈라진 논 쳐다보며 입 하나 덜겠다고
보따리 들고 서울 간 누님

석 달 열흘 물 폭탄에 방천(防川) 터진다고.
모래 가마니 메고 모이던 아버지와
동네 사람들

오늘 내리는 너 속에 활동사진처럼 보이는구나!

제목 : 비
시낭송 : 박영애
스마트폰으로 QR 코드를 스캔하면
시낭송을 감상할 수 있습니다.

쉬어가리

달리기만 하더니
나그네 되고

찰나. 탄지. 순식간
재촉받던 말을 벗어 버린 이
새털처럼 날아오르네.
구렁이 허물 벗듯 한 꺼풀
벗어 새 몸을 입고
해 오름 보며 참 기운 받아

성스러운 마음 가진 청룡으로
비상하여 무량 광천 착지하여
겁년을 지나고 더 겁년을 지나

나르고 날아가서

단숨에 우주 속에 우주 연을
연결하고 이전에 모르던 곳에
닻을 내려

새로운 삶이 있음. 말하리다
이리로 오라고 손짓하리다
슬퍼하는 모든 이들

애통해하는 자
각종 옷 벗어 버리고
훨훨 날아올라라

춤추자 노래하자
어깨동무하자
희망 찬가로 축배를 들자

갯내

일광욕하고 싶어 썰물 기다렸지
나는 몽돌 너는 갯벌 속살 드러내고
하늘에 윙크한다.

살랑살랑하던 햇살은 뜨거워져
몽돌은 뒹굴고 갯벌은 귀 살이 타들어 가고
물새 날아와 갯내에 취한다

지천에 깔아있는 먹이에 반해 배 채우기 바쁜데
어디선가 밀어오는 물살에 밀려
뒤로 한발 옆으로 한 발짝씩 밀린다

물 다시 찾아와 성난 듯 파도 넘실거린다.
펄 찾은 물새 날아가고 파도 타는 갈매기
날아와 물 맥질하는 여수

돌아오는 길 둔덕재 넘어올 때
짭조름한 갯내 어머니 품 같아라.
갯내에 흠뻑 젖은 오늘은 행복하다

비나리

하늘에 꽃구름 둥실하고
들녘엔 꽃내음 몽실하던 날
다솜으로 만나 온새미로 참사랑에
큰마음을 나누며 가시버시 되었다

오랫동안 기다리던 우리 아기
비나리 손끝으로 우릿하게 안겨드니
둥글둥글 배 안의 꼬물거림이
가슴 벅찬 해 오름이다.

하늘의 뜻을 이어
갓 태어난 아기 울음소리는
누리에 노래처럼 퍼지고
해맑은 웃음소리는 또 다른 사랑으로 움텄다.

도담도담 우리 아기
많이 갖는 것보다
많이 나누는 걸 먼저 배우며
햇볕처럼 따스하게 가온누리 되어라

＊ 비나리 : 앞길에 행복을 비는 마음　＊ 다솜 : 애틋하게 사랑함
＊ 온새미로 : 언제나 변함없이　＊ 참사랑 : 순수하고 진실한 사랑
＊ 가시버시 : 아내와 남편　＊ 우릿하다 : 깊고 진한 감동을 느껴 떨리는 상태
＊ 해 오름 : 해가 뜸　＊ 누리 : 사람들이 생활하고 있는 세상
＊ 도담도담 : 어린아이가 탈 없이 잘 놀며 자라는 모양
＊ 가온누리 : 세상의 중심이 되라는 뜻

풍금 소리

고향의 봄 풍금 소리
아련히 들리는 듯하여
반짝반짝 추억의 촉이
쫑긋하게 일어선다.

뜸부기 뻐꾹새 풍금 소리
오빠 생각 청보리밭 가에서
불러도 들어도 생생하던
그날이 어제인듯한데
가고 없는 임들 모습에
소리 없이 흐르는 속 눈물
연둣빛 추억 새싹인가요

바람 타고 먼 데서 들여오는
그 소리 선잠 속에
녹아 들어와 매미 소리와
어울리는 하모니 도취 되어
잠을 깨고 싶지 않아서
조금만 더 했었다

바닷바람 불어오는 청보리밭
교회 종탑 있던 곳 추억에
창고인 듯 영상이 돌아간다.

달그락달그락 바람통이
고장이나 페달을 세게 밟은
소리마저 음악으로 들린다

건반 위에 예쁜 손
풍금에 맞추어
부르던 반달
계수나무 토끼는
그대로 있는데

봄은 오고 진달래 피어도
돌아오지 않는 임 보고 싶다

덧칠

너는 나처럼 살지 마라.
소 팔아 먹물 사고
산 팔아 유명세 붙은 교복 샀다

동지섣달 긴 밤 베 짜고

가마니 짜서 꼬깃꼬깃
모은 전대 아낌없이
풀어서 굶지 말라 하신다.

마을 앞 내도랑 길 굽이돌아
보이지 않을 때까지
쳐다보며 어서 가라는 손짓
잊을 수 없습니다

두꺼워진 손톱 갈라진 손등
아들아 딸아 너만 잘되면
된단다

주름진 얼굴 검게 탄 살갗
왜 이렇게 탔느냐고 하면
다 그렇게 살아 너만 잘되면 된다

아직도 귀에 맴도는 그 대답
천사의 음악입니다
그 시절 천사는 어머니 아버지입니다

어머니 당신 위에
예쁜 색깔 칠하고 싶어요
나는 아직 덜된 색입니다
언제쯤 어머니 위에
덧칠할 수 있는 색깔이 될까요

정 있고 푸근한 품속
사랑스러운 자애 눈망울
애처롭고 슬퍼도
웃음으로 바꿔
품어내는 빛깔
살다 보면 흉내낼 수
있을까요

그때쯤 어머니 위에
덧칠하렵니다
세상에서 제일 예쁜
어머니 색깔로 칠하렵니다

맴돌이

아가는 떠났습니다
별 숲으로
숲속 춥지 않으냐고
물어보면 그냥 웃습니다

떠나보내도
내 마음에 팽이처럼
돌고 있어요.

그리움은 팽이 되어
한숨 한번 쉴 때마다
웃으며 돌아갑니다

마음 공간에
오늘도 맴도는
귀여운 팽이야

너는 별나라 왕자 되어도
언제나 내 마음에
귀여운 팽이란다

때로는 휙 바람 소리로
흉내낼 수 없는 기운으로
맴돌아갈 때 참 좋았다.

아무나 할 수 없는
천상의 대화
어느 때라도 할 수 있어.
기쁘고 즐겁다

우리 인연 타령 그만하고
다 못살고 간 세상 이야기
시로 보내련다

제목 : 맴돌이
시낭송 : 박순애

스마트폰으로 QR 코드를 스캔하면
시낭송을 감상할 수 있습니다.

혼불

어촌 포구
언덕 위 교회 종탑 밑에 선 준
한눈에 보이는 옹기종기한 마을
멍하게 목적 없이 바라본다.

우리 집 할머니 방
문지방 위에서 주먹만 한 불이
토방 마루에 뚝 떨어진다.
준 눈이 그곳을 주시한다.

잠깐의 시간이 흐르고
호롱불 크기 불이 토방에서
폭 솟아오른다. 놀란 토끼 눈
준 심장이 두근거린다.

그 불이 앞마당 담장 위로 뛰어오르더니
꺼져버린다 몽롱해진다 무엇일까?
계속 쳐다본다. 얼마간 조용하다.
팔랑하더니 환한 등불처럼 솟아오른다.

앞집 지붕 용마루에 살포시 앉는다
불이 작아진다 팔랑거린다.
이해 불가한 상황 멘붕이다
초자연 현실 앞에 작아진다.

아 저것 뭐야 도래방석 모양 불
주변을 밝혀 떠오른다.
햇빛처럼 밝다 근처가 다 보인다.
쑥 떠올라 휙휙 날아간다.

바닷가 널 바위 있는 곳으로
포물선 그리며 날아가는 불
더 설명할 수 없다
작은 나 초자연 보았음을

누군가 대답하더라 혼불이란다

엄마의 통곡

일본에 끌려간 내 딸
아가야 어디 있니
엄마는 동구 밖 멀리 쳐다보며
가슴 치며 울부짖는다.

언제 와 언제 올 거니 날밤을 지새우고
달이 가고 해가 바꿔도 예쁜 내 딸아
어디 있느냐

새가 되어 날아갔느냐
다람쥐가 되어 숲으로 갔느냐
들녘 넘어 쳐다보고
바다 건너 쳐다보며
하늘에서 떨어질까
강물에서 솟아오를까

너 같은 또래 뒤태를 보면
내 딸인가 달려가서 붙잡고
울어본 날이 몇 번이던가

무상한 세월은 눈물도 마르게 하고
눈마저 어두워졌지만
가슴속에 살아있는 아가야
내 딸의 곱고 해맑은 웃는 모습에

이생의 끈 놓지 못하고
내 아가를 부르다가 눈을 뜨고
잠들었단다. 아가야 우리
꿈속에서 만나

빨강 댕기 엄마가 매어줄게

매화 피던 날

춥다
이렇게 추운 날
얇은 옷 입고 웃고 있다

아담하게 피어 있는 자태
고드름 비웃고
봄 이불 덮고 솔잎에 인사

계절에 죽지 않고
청송으로 남아 손 잡아주는
임의 향기에 매화 용기 얻었다

이제 동장군 물리치는
첨병으로 살아서
종달새 부르고
진달래 모셔와

이른 새벽 새싹 잠 깨워
기운 받은 산과 들
푸르게 파랗게 옷 입혀 드리리다.

섬

외로운 듯 친근한 섬
삶이 숨 쉬고 생동하는
생물 파닥거림
살아있는 자들의
축복 환희라네

갈맷빛 바다
출렁이는 파도 하얀 물거품
섬 노래 부르는가
구슬픈 신선처럼
섬을 맴돈다

날고 날아가는 물새들
섬 외로움 위로하는가
끼룩끼룩 임 부르며
나들이하네

그날의 기쁨 그날의 울분
다 잊으시고
어울리며 살다 가라 하네

꿈 꽃

누구
날고 싶은 꿈이
저기 날아가는 비행기

누구
바다를 달리고 싶어
배를 만드니 여기 유람선 오네

누구
밤 빛나는 거리를 보고 싶어
가로등 만드니 네온 불빛 찬란하네

꿈 주인은 가고
꿈들이 꽃처럼 핀
오늘을 즐기는 주인은 누구

찰나에 무수한 꿈이 유성처럼
반짝 사라져 별똥 되고
살아남은 꿈은
주인 찾아
꽃으로 필 거라네

꿈 꽃으로 피어날 한 모둠 생각에
정기를 모아본다.
훗날 주인은 누구

꿈꽃 2

사형 틀 십자가
구원의 증표 되듯
비폭력 무저항
서울 촛불이네

개벽의 깃발 들고
녹두 장군 따라간
꿈 주인 농부는 가고
그렇게 바라던
인 애 평등 오늘 우리가 살아가네

화약 냄새 자욱한
이름 모를 산야
설맞은 총알 아픔에
울고 울다 지쳐 잠들고
꿈속에 그리운 고향
사랑하는 가족 함께
배 타고 여행 가네

임께서 가진 꿈 조국 사랑
오늘 사는 우리
즐기며 주인 듯 착각이네

나는 당신은 무슨 꿈을 꾸는가
다음다음 어느 날 누군가
기뻐하는 꿈을 꾸려 하네

어디쯤 왔소.

앞으로만 간다.
뒷걸음쳐도 결과는
앞으로 갔더라

이 세상 뒤로 가서
얘기된 사람 없더라
가는 길에 쉬어도 가고
누웠다가 간다.

훤하게 보이는데 끝을 몰라
어디쯤인지 더듬어본다.
들길 따라 민둥산도 있고
도랑 건너 바다가 보이고
숲길도 있다.

어디쯤 왔소!
별님께 물어보면
밤이라 한다.
반달님께 물어보면
새벽이란다

떠오르는 해님께 물어보니 아침이란다
스치는 바람에 물어보니
헤아릴 수 없는 시간에
알 수 없는 세월이란다

어디쯤 왔소.
다시 돌아올 것 같은 착각의 세월
가버리고 다시 오지 않는다

들 몰에 서서 바라보는
지나온 길 아스라이
보이는데 물안개 나래 펴고
감춰버린다.

* 들 몰 : 들이 끝나는 곳

삶 알 수 없어요.

뫼비우스
봄인데 가을 같다
활짝 핀 꽃 속에
벌 발목 잡혀 퍼덕인다.

온 힘 다하여 벗어나려 할수록
날개마저 붙어버린다.
가슴에 안은 꿀
등짐 꽃가루
무거운 짐이다

가물가물 흩어지는 의식
잠에 빠져드네
뫼비우스
현실인가 가상인가
비몽사몽인가

고대하고 기다리는
일진광풍 때맞추어
불어와 흔들어버리니
날개 털어내고 일어나
저 바람 속으로 날아간다

* 뫼비우스 : 내부와 외부를 명확하게 구분 지을 수 없는 입체를 말한다.

꽃망울

봄비 머금고
희붉은 색조
매력 뽐내지
짧은 순간
마음 뺏아 간다

고운 자태
물오른 모습
누님인듯해
또 쳐다본다.

티 없이 가녀린 너
짝사랑 그녀 같고
이루지 못해
만나지 못한
그리움인 듯
아쉬운 연민이다

눈이 오면 처연하고
비가 오면 의연한 너
그 품에 감추어둔
풍년의 노래
봄을 사위다

바람개비

바람개비 돈다.
맞서도 돌고
지나가도 돈다.
밀고 달리면 돌고
뒤로 끌어도 돈다.

세면 세게 돌고
약하면 약하게 돈다.
너처럼 살면 걱정 없겠네
삶 한 수 배웠다

돌다가 보면 지나가고
다시 돌아 봄이라네
봄은 봄처럼 꽃을
안고 돌아온다

복수초 할미꽃 매화
차례대로 안고
바람개비처럼 돌아
진달래 필 때까지 가본다

산밑 바람. 산 등 바람
봉우리 바람
느낌은 달라도
바람개비는 똑같이 돈다.

해 뜨는 바람에 돌고
달 뜨는 바람에 돈다.
봄에는 봄바람처럼 돌고
가을에는 가을바람처럼 돈다.

바람 따라 모양 다른 춤사위
오늘은 봄바람 닮은
탱고처럼 천천히
빠르게 설 듯이 돌아가는
감미로운 네 모습에
반하여 멍하게
입 벌리고 쳐다본다.

상큼한 바람

솔향 상큼함이
바람 타고 오네
짙은 천리향에 둘러싸이니
천 리밖에 친구가
떠오른다.

약성 있는 당귀 향
걸음 멈추게 하고
상념에 눈을 감으니
보인다. 미세먼지 띠가
사랑하는 친구야
아들딸들아 너를 감고
있는 먼지 띠 어찌할거나

먼지 속에 맹렬하게
움직이는 코로나
여리디여린 너의
폐를 도끼질한다.

나를 감싼 상큼한 바람아
너는 저들의 구원자다
불어서 가라 어서 가라
상큼한 당귀 향으로
씻어내라 찌그러진
폐를 바르게 세워라

봄바람에 띄우리다
바닷가 쑥 향
순한 청보리 향

짭조름한 돌 미역 향
신토불이 좋은 향
바람 타고 어서 가라

서울로 대구로 가라
방방곡곡 휘돌아
상큼한 향기 바람으로
이 땅을 씻어야 한다.

제목 : 상큼한 바람
시낭송 : 박영애

스마트폰으로 QR 코드를 스캔하면
시낭송을 감상할 수 있습니다.

나의 시계

지금 몇 시요
시간에 따라
시작하고 끝냈다.

세상에 수많은
벽걸이 시계 똑같은
시간을 가르치고
알려준다.

나의 시계는 다르게
돌아간다.
아무도 인정할 수 없는
시간을 가르친다.

나만 알아보는 시계다
사람들이 쳐다보는

시간을 따를 수 없다.

나만 볼 수 있는 시계
진정 나의 시간이다.
내 시간을 볼 수 있으면
자기가 보인다.

봄이 와도 나의 봄은
지나간 노라
가을이 오면
나의 봄이 시작된다.

사람들은 억지라 하지만
세상에 하나밖에 없는
나의 시계가 가리키는
나의 시간을
따를 수밖에 없다.

사람들은 자기 시계를
너무 늦게 쳐다보고
미안해하며 눈을 감는다

2부 – 영혼의 햇빛

삶은 혼자 흥얼거리는 끝자락
휘날리는 낙엽 함께 춤추고
바스락거리는 소리 좋아
오솔길 걸어 나왔다

마음 밭

해 뜨면 피고
그늘지면 닫아 잠든
수련인 듯 마음 다칠세라

펼쳐진 마음 밭이랑 찾아
지르밟아 가려 하네
작은 미소에 살짝 피는 마음
눈 한 번 쳐 뜨니 소리 없이 닫아버린다.

언제 다시 열리려나 닫힌 심보
아침이면 펴지겠지
몸 부딪히며 살아온 세월
마음만은 따뜻해야지

좁쌀 같은 작은 마음 언제 키울까?
버리고 안고 지치고
지나온 시련에 키 자란 마음

이제는 용서를 껴안고
햇볕을 바라보며 활짝 핀 수련
오고 가는 마음 밭에
마음 연가 부르며 사랑을 잉태한다.

경계(境界)

보암직하고
먹음직하다
탐스럽고 가지고 싶다

선과 악의 경계
양심과 욕심의 경계
신과 인간의 경계
무너지기를 바라며
쳐다본다.

경계지대 경계선
탐나도록 예쁜 모양
매혹으로 유혹한다.

어쩌면 이미 넘어버린
경계선을 맴돌며
퇴로가 없어 돌고 돈다.

누구 없소 손 내밀며
손잡아주기를 고대하는 나그네
벗어나서 가는 길
알 수 없어 물어본다.

새봄이 오고 세월이 가면
길이 보일까
또 다른 경계선이 기다리고
변하는 유혹으로
오라고 손짓한다.

너무나 많은 경계지대
지쳐도 피할 수 없어
차라리
백치가 되면 경계선이

스스로 무너져 버릴 거다

백지의 가망

울면서 가져온 백지
아직도 그대로 이겼지
산 넘고 물 건너서
고향 와보네 그리운 건
백지 시간

시간 따라 흐르는 삶
미련은 없지
출렁이던 한 시절은
파도가 되고

지나간 폭풍에 진한
아쉬움 느끼며
무엇이 참살 이인가?
희미한 불빛처럼 보이네

세상살이 먼지들이
수북하게 쌓여 있는
백지를 바라보니
한숨 소리 들리네

입바람 불고
손바람 털어서
비워야지

하늬바람 부는 날
날려 보내고

옛 모습 찾아서
가망이 손짓하는
꿈에 고향 가련다

은혜 속으로

내 몸이 평생 입어야 할 옷인 줄
알았네. 이렇게 힘없는 나에게
무거운 짐인 줄 알았다면
처음부터 입지 말걸

한평생 입었음에 감사함 모르고

낡고 구멍 나고 할퀴여 떨어져
아프다고 원망하는 내 모습이 부끄러워요

바람처럼 형체 없던 내가 구름처럼
나타나 이 세상 모든 것 쳐다보고
가지고 놀았으니 주님 은혜라
이제는 바람으로 돌아가요

입으로 주님 지체 시인했지만
행동 없고 말 안 들어 애태웠던
주님 몸 불구 만든 죄
이 시간 회개합니다.

은혜로 주님 쓰시기에 편한 지체로
살고 싶어요. 죽어도 살고 살아도 사는
우주보다 더 큰 은혜 나를 뜨겁게 합니다.

눈물 강에 몸을 시쳐

햇빛보다 더 밝은 하늘길 날마다

한 걸음씩 가게 해 주소 셔

썩어 문드러진 모습이 복숭앗빛으로
우리 아가 뽀얀 엉덩이 색깔로

변하여 새살 받아
주님 지체되고 싶어요.
거저 주신 믿음으로 하늘나라
시민 됨을 자랑하고 싶어요

포도나무 줄기에 작은 잎새로
성령 역사 증인 되리라

녹아 흐르는 삶

도도하게 흐른다.
거품을 일으키며
거침없이 간다.
거슬러 불어오는
바람 부딪히며
갈 길을 간다.

인파의 거리에
어머니 삶이 녹아있다.
아버지 삶
조상님 얼 녹아 흐른다.
조각조각 모여서
녹으며 흘러간다.

슬퍼하는 것도
기뻐하는 것도
잠깐 그대로 녹아
쉼 없이 간다.

버리는 사람
줍는 사람

멈출 수 없다.
밀려가고 끌어가는
파도처럼 흐른다.

계절이 바뀌고
새봄이 오면
멈추어 설까?

착각이다. 지나고
흘러간다.

사람마다 조금씩
다른 색으로 군집 되어
무색이 된 군중
회색 군중
각각 다른 깃발들이

똑같은 모양으로 변한다.

그 집 앞

실개천 흐르고
실버들 늘어진
그 집 앞
대문이 열리면
웃는 박꽃이 보인다.

그 모습 보고 싶어
황구에게 모자 흔들어
짖으라고 하면
통했는지 컹컹한다.

부끄러움 용기를 덮어
몸 숨기고 얼굴만 조금
내밀어 그 집 대문
바라보면

청초한 박꽃 보인다.
선녀냐 사람이냐
마음 다 훔쳐 가고
껍데기만 여기서 있다

두리번거리던
하얀 박꽃 문안으로
들어가 버리니
마음도 따라가 버리네

어찌하리
몸만 갈 수 없어
돌계단 앉아있으니
참새들 그 집 담
제집인 듯 넘나든다

제목 : 그 집 앞
시낭송 : 박영애
스마트폰으로 QR 코드를 스캔하면
시낭송을 감상할 수 있습니다.

53

들리시나요

밤 떨어져 굴러가고
다람쥐 함박웃음
도토리 떨어져 뒹굴 때
들쥐 눈 깜박이는 소리

쇠똥구리 지구본 만들어
영차영차 굴리는 소리
지렁이와 개미의 한판 대결
떼 개미들의 웅성거림

물속을 뒤집는 태풍에
펄 속에 사는 꼬막 소라
입 벌리고 떼죽음할 때
마지막 숨소리

빈 껍질 소라 슬픔이 한이 된
파도를 품어내는 소리
입 벌리고 해안에 밀려온
조개들의 허한 모습 때리는 물살

지구가 달리고
우주가 돌아가는 소리
들리지 않아도 소리는 있다.
엇박자로 지나가는 그 순간

듣고 싶지 않은 소리
잔소리 그러나
어느 날 혼자되면
그 잔소리가 그리워진다.

가슴에 숨어있는 소리
백지에 그려봐요. 잔소리가
예쁘게 그림 되네요
미세하게 떨리는 진동 너무 좋아요

들어보세요. 들이시나요

시인님의 시

그렇게 많은 대화
들어주지 않는 노래
보이지 않는 생각들을
천년을 시쳐낸 조약돌 만들고

배고프지 않니 긴 시간
물 따라 흘러가고 바람 타고
날았으니 누가 한 덩어리
밥을 주면 목메어 못 먹고

배고픈 누군가를 생각한다.
행복은 너의 몫이 돼야지
나는 괜찮다는 어머니처럼
웃고 있어도

무엇이 번쩍 떠오르면
손가락으로 문장을 헤아린다.
시인은 깨닫게 해주는 지혜 자
바람보다 먼저 눕는 풀
햇빛보다 먼저 따듯해지고
가을보다 먼저 가을을 헤아리는
혜안의 고뇌를 느끼고

속절없이 가버린 세월을 탓하랴
기다림도 부질없고 늙어버린 거울 보며
물 만난 고기떼 하늘 만난 새 떼
세상 만난 사람 영원할 줄 알았는데
거품 되었다. 사라진다오
하늘 저 끝에 한 점 구름이듯이
우리도 마침표 같은 점이라오

시인님 시만 살아서 노래할 거요
시인님의 여린 속살 시 안이던가요
한참 지난 만년설 위에 시만 노래로 살아
요들송으로 바람 타고 날아간다오
시인은 시로 위로받는답니다

배웅

종이배 만들어 띄우고
따라가며 아쉬워했던
어린 시절 어제인듯한데
고개 넘고 성산 넘어 말년이네

정말 이별을 배웅하셨나요?
어느 기도원 복도 이생의
끝을 놓을 수 없어
아쉬움과 이야기하는
생머리 그 학생이 보이네

생의 마지막을 부여잡고
한없이 울던 그 모습
장담하던 의학이 손들고
막다른 골목 기도원이네

희미한 그림자 같은 희망
세상이 주는 마지막 배웅인가요
말라가는 눈물의 끝인가요
알 수 없음의 절정이라네

세상 사슬 풀어버린 모습
평화롭다 손을 흔든다
누구냐고 물어보면
종이배 만들고 있다네

살며시 웃는다
누구요 하면
메뚜기 잡고
미꾸라지 잡고 있다네

눈을 뜨고 찾는다
누구냐고 물으니
문간 넘어 정거장까지
배웅 나온 어머니라네

정 무엇인가요
사랑 무엇인가요
희망 무엇인가요
한 무더기 그리움이라네

숨 쉬어봐요
세상 기운 멈춰버린다.
아쉬운 이별 배웅한다.

마음 그릇

가는 것이 세월이고
만나는 일 인연이라
베푸는 사연 마음 그릇
수많은 그릇 모였다가 흩어지고
그리움 연기처럼 피어오르네

어찌 아름다움만 있으랴
다툼도 있고 싸움도 있고
화해도 있고 다독거림도
있었지요.

마음 그릇 넓을 때는
하늘도 안아주더니
좁을 때는 바늘 끝
들어갈 틈 없더라

때로는 마음이 싫어지고
미워져요. 억지할 수 없어
울어버릴 때 미친 듯
뛰어나가 소리 질러봅니다

한마음 몇 개 그릇 들어있으니
질그릇 놋그릇까지
모양 다른 그릇들
놀랍도록 많구나

오늘은 어떤 그릇으로 시작할까?
봄 담긴 그릇으로 아침을 먹고
정 담긴 그릇으로 이슬 차를 마시며
휘파람 든 그릇으로 노래 부른다.
웃음 담긴 그릇으로 크게 웃어보자

틈 없는 곳에 틈을 만들고
바람 없는 곳에 바람 집을 만들어
오가는 방랑자여 하늘 한번
쳐다보고 큰 숨 한번 쉬고 가소

장독대

지구촌 하나 있는
대한민국 장독대
숨소리 들리는가?
장독의 특유한 숨소리

어디에 두어도 편한 친구
산에 있으면 산 멋
들에 있으면 들 멋
어머니 정화수 숨소리

어울림 천재들
유구한 문화 속에
피어있는 그대로 꽃
역사가 익어가는 소리

어느 장독에서 반사된 빛인가?
스치는 빛 따라 눈이 서 있네
소담하고 정겨운 어깨동무 모습
하하 호호 으하하 장독 웃음소리

어쩌면 그렇게 정겨움이
우리도 한때는 얼싸절싸
너처럼 정답게 살았는데
그때는 정이 무엇인지 몰랐어.

속에 무엇이 있는가?
물어보지 않아서 너의 맛
나의 맛 관심 없어
그저 만나 어울려 웃는 소리

옹기종기 특유한 네 모습 그대로
좋아서 세월 가니 속이 보이네
간장 된장 고추장 독특한 맛이야.
겉 다르고 속 다른 우리

어허 된장 반가워 고추장 간장도
왔네! 이렇게 만나 부글부글 끓어보니
진짜 겉멋에 속 맛이네
누가 이 맛을 따라오리

지구촌에 유일한 우리 장독대
낮이나 밤이나 하얀 무명옷 입고
닦고 또 닦던 어머니 너 속에서
웃어 보인다.

끝자락

끝에는 누가 있다
땅끝 바다
산 끝자락 들
샛강 따라 큰 강

끝은 웃음과 눈물
동고동락 떨어지는
잎새에 나뭇가지 슬퍼도
먼저 간 낙엽 반긴다.

끝은 시작이다.
모질게 추워질 그 날
내 새끼 이불 되려고
내려와 준 사랑이다

배고픈 너의 양식되고
아름다운 끝자락 기다림
멋있지 않니 우리 만남
끝자락은 예술이다.

이 가을 끝에서 당신 지갑 속 능력
바람 따라 익어서 서울로
부산으로 부풀어 올라
지갑 터지는 소리 풍년 노래 들린다.

삶은 혼자 흥얼거리는 끝자락
휘날리는 낙엽 함께 춤추고
바스락거리는 소리 좋아
오솔길 걸어 나왔다

뒤돌아보니 나를 밟고 왔더라
으깨진 내 모습에 발자국 남았더라
가을 끝자락 나의 열매는 무슨 색깔
어떤 맛일까 끝자락은 시작이다.

내 영혼이 잘됨같이
내 영혼에 햇빛 비치네

새 사람

번쩍 떠오른다.
이래 살면 안 돼
새로운 뭔가 있다
어머님께 물어봐야지

단지를 찾아왔다
가루가 돼도
단지 속에 계셔도
내 어머니지

왜 그렇게 참으셨어요
아니면 아니라고 하시지!
좋은 말만 하셨는지요
새사람 되라 했지!

참을 것도 없고
아낄 것도 없는
지금 계신 곳
바람은 따듯하신지

상념 넘어 삶의 형상
여기라면 싫어요
훨훨 높이 날아 올라가
안 내려와야지

이렇게 늙어버린 아들이
어머님 앞에만 서면
동화 속 주인공처럼
빗자루 타고 구름 속으로 날지

이제는 다칠까 봐 조마조마하지 마세요
푸른 언덕 사향노루 뛰어놀 듯
예쁘게 놀다 가야지

저 하늘로 가야지

감 익어가는 집

가을에도 익어가고
겨울에도 익어가는 감

찬 바람 불어와도
꼭 붙어 있는 모습이 좋아

결실의 끝을 부여잡고
나 아직 생명임을

보이니
아름답소.

생명은 겨울에도 익어가는 감처럼
봄에 꽃피고 여름 지나?
가을 열매 주렁주렁 보기 좋아라!

이 겨울 찬바람
빨강 생명에 입맞춤하며
흔드는 모습이 멋스러워
내 눈 끌어당겨요
오랜 시간 쳐다봐도 즐거워요

저 높은 곳에 유난히 빛나는 생명
대롱대롱 매달린 감

새들 날아와 한입 물고
고맙대요. 감사하대요.

생명을 주고받으며
지저귀며 속삭이는 모습이
어릴 적 우리 엄마 삶은 고구마
몇 개 바구니에 담아

담 하나 넘어 이웃 친구 불러 놓고
이야기 속으로 빠져드는
정 모습 보는 듯하여

내 마음 웃듯 울 듯하여라

벚꽃길

벚꽃 장식하고 치장한
화려한 봄 간간이 떨어지는
꽃비 맞으면 마냥 즐겁다.

총총한 별들 꽃 무리에
어울림 되고 반달은
임의 웃는 모습 같아
한순간 충민로 거리가
임의 얼굴로 가득 차네

꽃 대궐 가로등 누구의
작품인가요 예쁘다
더할 말 없어 눈으로
이야기해요.

가지마다 귀여운 아가 손짓
서로가 저 먼저 봐달래요
가까이 가서 볼 비비고
눈 맞춰보면 꽃바람 사연
소곤소곤 이야기합니다

누가 더 예쁘냐고
먼저 핀 나 바람났다고
흉보더니 저 가지도
피여서 봄바람 피우네요

기왕에 봄바람 났으면

예쁘게 피워 보자
바람 장단 맞추어 살랑살랑
흔들어보자 꽃비 되어
떨어진 후에 후회하지 말고

짧은 만남 고풍스럽게
수놓아 웅장한 모습 되어
그 마음속에 화려하게
살아남으련다.

사립문

세월 따라 가버린 사립문
추억되어 살아 나온다.
마을마다 집에는 사립문 있다

싸릿대 칡덩굴로
엮어 만든 향기 나는 문
새로 만든 문 칡 줄기 냄새
오래된 사립문
싸리 향기 짙게 난다.

어느 집이나 사립문 정겹다
아무 때나 열어도 탓하지!
안 하는 자유의 문이었다

열 수 없는 때는 왼쪽으로 꼬아
만든 새끼줄에 숯덩이와 빨강 고추
달려 있는 금테 줄 보이면
스스로 멈춘다.

이레 동안 출입 금지
산파 할머니 외에는
들어갈 수 없다.
고유한 방역문화
생각해보면 자랑스럽다

사립문으로 통하던
그 길이 열리고 자유가
왕래 되는 그날에
봄 사립문 열고 꽃대 월 가련다.

가지가지 꽃 향연 손짓하누나

마음은 꽃밭인데 못 가게
발을 묶은 너는 누구냐

3부 – 고향냄새

아련히 떠오는 잊었던 옛사랑
반추 속에 감추어진 별빛
다시 껴안고 새 힘 얻어 앞으로 가련다.

영취산

돌멩이 골바람 일어 영취산 허리
휘 돌아가니 진달래 따라와
꽃단장하네.

울긋불긋 피어서 고개 들어 보이니
누구나 배낭 메고 찾아와
사진 찰칵하재요

허리 어깨 능선에 흐드러지게
피어 있는 진달래 모양에
푸른 바다 배경 받쳐주니
영취산 아름다워요

어린 시절 배고파 진달래
꽃잎 함께 따먹던 동무야 어디 있니
입술 파래지도록 먹었지!
흐르는 물 손으로 받아 마시고

웃고 떠들던 그 모습이
여기 피어 있는 꽃 속에서 보인다.
가름하던 너 얼굴
진달래 꽃잎처럼 화사했지

목청껏 부르던 고향의 봄
너를 만나 다시 부르고 싶다
영취산 진달래야 오늘도 아름답구나.

잔영(殘影)

윤슬이 반짝이는
해양공원 쫑포에 왔다
넘실거리며 흘러가는 물살
조수가 바뀔 때마다
잔영이 흐른다.

기분 따라 변하는 잔영들
골멩에서 만든 골멩이 조각배 돛 올리고
삿대로 밀어 벗어나 도망가는
하멜도 보인다.

진남관 좌수영 수군의 깃발이
펄럭인다 물 타고 바람 타고
나들이하는 잔영 웃음도 있고
노래도 있다

어기여차 노를 저어라
배도 가고 장군님도 간이 이기고 와라
애간장 태우는 적들을 밀어내고
돌아오라 기다리는 처자식 소원이요
어머니 정화수 희망이다

이 밤 지나고 나면 다시 못 볼 것 같아
옷소매 부여잡고 아쉬움. 풀어내는
연극 같은 삶들 물결 따라 일렁인다.
이 바다에 살아있는 잔영이 흐른다.

오래도록 쳐다봐도 새로워지는 의미
아름다운 여수항 바닷물이 이어지고
연결되어 남극으로 북극으로 동해로
손에 손잡고 흘러간다.

다시 돌아올 때까지 흐른다.
형형색색 모양 다른 잔영 모아
잔 속에 넣고 흔들어 빛깔 좋은 칵테일
맛 좋은 진남관 주로 숙성하리다

죽지 말고 살아서 돌아오시오
이 한잔을 드리오리다

제목 : 잔영(殘影)
시낭송 : 박순애
스마트폰으로 QR 코드를 스캔하면
시낭송을 감상할 수 있습니다.

장군도

여의주 닮았는가 버티고
앉아서 진남관 기(氣) 막아 주니

돌아온 용 여수 껴안고
임진란 칠 년 전쟁 이기었네!

열두 척 남은 배로 삼백 척
깨부수고 돌아오는 장군 모습

장군도가 반겨주니
호남이 없으면 나라가
없다 하네 구국 성지 여수

거북선 등에 지고 장군도
바라보니 그때 위용 여기서
느껴본다.

이순신 · 이억기. 원균. 권준 · 어영담
배흥립. 이순신. 김완. 김인영. 나대용
정운. 송희립 · 정걸.

나라를 사랑한 대서사시를 누가
올곧게 하늘에 올려놓을까
임들의 애국충절 본받게 하옵소서

약육강식 먹이사슬
지금도 누구 입이 물어 갈까
마음 졸이옵니다.

나라 힘이 되는 인구 증산하여
우후죽순 젊은이 자라 나와
휘영청 밝은 나라 되어

깜깜한 앞날 예지하는 능력 찾아
인공지능 거북선 만들어
희망의 돛 올리고 해 오름 가슴에 안아

대한민국 정군도 지켜 가자

하늘길 공원

덕충 명소 하늘 만나기 편한 곳
오동도 보이고 남해도 보인다.
이글거리는 해 오름 구경하고

길 따라 보면 십자가 불빛 있다
하늘 가는 밝은 새벽길
아픈 자 나와 아침 길 걸으며

맑은 산소 선물 준다.
누구나 오라 한다. 주인도 없고
텃세도 없다 오는 자 모두 주인이다.

팔각정 앉아 보니 기생 앞세워 푸짐한
주안상 차린 탐관오리 웃는 모습
비위 맞추는 고수와 춤꾼 익살 떠오른다.

고수는 무희 발 모양 실수 찾고
무희는 북채 잘못을 노려본다.
틀린 자 오늘 술값 내라는 탐관 명령

들고양이 눈으로 쥐를 노려보는구나!

반추(反芻)

앞이 캄캄해 뒤돌아본다.
내 생각의 주머니에 만져지는
향기들 재스민. 허브. 쑥 향.

지나온 길 위에 뿌려진 향냄새
향기마다 떠오르는 얼굴 새로워
밤눈 크게 뜨고 더듬어본다.

쑥 냄새로 만져지는 어머니
허브향에 웃고 있는 내 친구
재스민 향수 긴 머리 첫사랑

이 밤 재스민향 긴 머리 어른거린다.
이루지 못한 아쉬움 어느 골짝 꽃으로 피였을까
산등성 돌아 나오는 고운 바람일까?

그리움은 노래 되어 하늘 메아리 되었네!
지난 세월 모서리 깎여 둥글이 됐을 거야
참으로 예뻤었지

아련히 떠오는 잊었던 옛사랑
반추 속에 감추어진 별빛
다시 껴안고 새 힘 얻어 앞으로 가련다.

고롱구 나무

마을 입구 정자나무
고롱구 나무 밑에 앉으면
시원하다 들돌 있고 장기판도 있어.

힘자랑 지능 자랑했었지
들돌 한 바퀴 구르는데 십 년
무릎까지 올리는데 십오 년
어깨에 메는데 십팔 년

세월이 가고 나잇살이 올라야!
힘이 생기더라
때로는 올 배도 있었지 친구보다
일 년 정도 먼저 들돌 어깨에 메면 장사라고 했어.

겨울 배고플 때는 고롱구 열매 먹었지!
씁쓸 달짝한 맛에 새들도 먹고
나도 먹었어! 대추보다 좀 작은 크기지

나무에 올라가 가지 흔들어 싱싱한 열매
따주는 친구가 인기였어! 내려오면
주워놓은 열매 반씩 나누어서

씩씩한 내 친구 턱수염도 하얗고
주름 많고 머리도 새하얗지만
그때같이 먹은 고롱구 열매 힘으로
건강 챙기고 한세상 더 살아보자

생각해보니 고롱구 나무 밑은
벌레가 없어서 마른풀 깔고
잠도 많이 잤어.
그때 잤던 잠이 제일 깊은 잠이었어

그 시절 기억해 줄 사람 아무도 없지
추억은 소중한 자산
그 시절 생각하며 한번 허허 웃어

* 고롱구 나무 : 멀구슬나무
* 올 배 : 빨리 자람

그 산마루

멀리서 바라보니
알록달록한 옷 입었네
예뻐서 왔어! 너의 유혹
마음 흔들려 몸이 앞서간다.

모퉁이 돌아온 이 낙엽 뒹굴고
찬바람 맞으니 가을이다
산릉선 숲 사이 나뭇잎
사이사이 비친 햇살 눈 시리다

정기 파란 네 모습 바람에
삭이어 노랗게 된 이 슬프니
억지로 웃는 듯 보이니
더 애달프다.

변하는 모습에 나는 즐거워진다.
바꾸는 것들은 호기심일까
변덕 하는 내 마음 때로는 나도 싫어
그래도 우리 서로 만나 좋다

산봉우리 올라 황금들 쳐다보니
꿈보다 현실이 더 예쁘다.
산머리 눈을 뜨고 말한다.
쓰레기 버리는 쓰레기 되지 말란다

영취산 마루 말한다. 옛날 기우제 지냈어.
봉화 올려 적들의 침략을 알리고
훗날 그놈들이 정기를 끊는다고 쇠못 박았지
적을 막는다고 헬기장 만들고 군 막사 지어다

쓰레기 썩어야 하는데 썩지 않는 쓰레기
아픔이 된다. 산봉우리 아프다
몇억 년 더 살아야 하는 나를 아프게 하지 말아라
네가 모르는 너 후손까지 보듬어야 한다.

산마루 산머리 산봉우리 신성한 성소다

잃어버린 바다

그 집 토방 흙마루에서
낚시 던지면
고기가 물어왔지!

배부른 졸복
약한 손맛
급하게 채면 빈 낚시

몇 번 속았어.
바람 같은 느낌에
잡아채니 등이 걸려 나와

억울한지 오갈북북 울어서
그놈 던졌지
주워 먹은 닭 사망

내 친구 어머니
아침상에 마늘 닭국 주시고
먹을 복 있대요.

염치 민망은 잠깐 스쳐 가고
침이 고인다.
어서 먹으라 정감넘치는 말씀

파도 소리처럼 들려오는데
공단 되어 괴물인 듯
큰불 밝히니 다들 가고

검은 파도 밀려와
무슨 말 하려다
찰싹하고 그냥 가네

널 바위 이끼 옷

어린 시절 수많은 꿈
어디로 갔을까
청록색 고향 뒷동산 찾아

봄 소풍 갔더니
옛날 모습 아니더라.

산마루 널 바위옷 벗은
모습이 안타깝소.
파랗던 이끼 옷 잃어버리고
누런 맨몸 찬바람 맞으며
그냥 누워 있다.

청 푸른 이끼 옷 입고
위용답던 널 바위
주변을 호위하던

호랑이 발톱 같은 이끼 기둥들
흔적도 없다.

그때 그 모습 없으니
허전하구나.
파란 하늘에는
솜털 구름 떠가고 있다

옷은 왜 잃어버렸으니
나도 몰라 비가 올 때마다
내 옷이 떨어져 나갔어.

누군가 말하는데
산성비 때문이라 하더라
천년 입은 내 옷이
구멍 나고 찢어져
빗물에 씻게 가니
매우 슬퍼지오

누가 독 비를 만들어

내 옷이 끼를 죽였는가?
예쁜 이끼 내 옷 돌려주세요

시대 공존

만선으로 돌아온 중선배 꽹과리 어깨춤
(거리공연 노래 어깨춤)
달 없는 밤 도망간 하멜 일행
(바다 비추는 등대 이름 하멜)
나룻배 오가던 종포 나루터
(닭머리 돌산 1 대교 종포 돌산 2 대교)

기러기 날고 갈매기 날던 곳
(케불카 40대 두 줄로 오가네)
거북선 오고 갔던 종포 바다 뱃길
(관광객 실은 유람선 안내 방송)
거북선 닻줄 매던 나루터
(매립되고 광장 되었네)

밤 깊은 진남관 머리 맞대 작전 회의
(예쁜 밤바다 분칠하고 노래하네)
봉홧불 송신하고 햇불에 훈련하던 엄숙한 군영
(휘영청 밝은 불빛 거리의 악사 춤추는 도시네)
가신 임도 오신 임도 내 임이라 버릴 수 없네!
(정 주고 사랑 주고 불러주고 그렇게 살다 가라 하네)

* ( )는 오늘 시대 노래

울보

꽃잎 보며 눈 붉어지더니
꽃잎 쓸어 모아진 빗자루
빗살 끝에 눈물방울 떨어진다.

꽃잎 꽃비 맞으며 표현할 말이 없어
그냥 흐르는 눈물
찬란한 해 오름 쳐다보는 희망의 눈물
노을 지는 그늘 속에 흐르는 눈물

청보리 향기에 떠오르는 어머니 모습 눈물
아카시아 향기에 떠내 보낸 첫사랑 눈물
졸업장 받던 날 가슴속 뭉클하던 눈물

바닷가에 밀려온 신발짝 보며 섬찟한 눈물
윙윙거리는 구급차 신호 소리에 누가 또
말 잊지 못하는 눈물

시집간 딸 빈방에서 왈 쏟아지던 눈물
사진 보며 떠나간 아들 모습에 펑 터져버린 눈물
이렇게 살아서 울어볼 수 있다는
감사의 눈물

봄은 눈에 눈물이 싹틔워지나 봅니다

숲으로 가는 길

원시림
조림
임자 떠난 자리
나그네가 임자 되어 돌아오네요.

여기 숲은 숲 찾아오는 자가 친구래요
악수하고 껴안고 동무해요
맑은 산소 주고 시원한 산들바람
내 얼굴에 입맞춤해요

가느다랗게 흘러들어온 햇빛이
질투하는가. 따갑게 눈 흘김 느낌이다
우람한 푸른 숲 포옹 만끽하고

길 따라 오르다 보니
한 시절 파란 색깔 속 깊이 간직하고
노릇하게 변하는 익어가는 모습이
내 모습인 듯 친하게 반깁니다.

숲 익어가고 나도 익어간 이
오래된 친구이어라
숲으로 가는 길은 나를 만나
도란도란 이야기하는 길

익어 떨어진 낙엽 나를 반기는
비단길 나도 옆에 누워 누군가
편하게 밟고 가게 하리라

가리라

가리라
가다가 보니 삶이 있더라.
삶이 좋아 멈춘 줄 알았는데
삶이 즐거워 그대로 서 있는가.
했는데

가버렸더라
이제는 더 못 간다. 버티어 본다.
밤 눈뜨고 있으면 가지 않겠지!

술친구 하여 노래하고 춤추면
빗겨 가겠지!
해 지지 않은 백야를 찾아가면
그대로 멈출까?
오로라 춤사위에 넋을 잃으면
젊음을 남겨 놓겠지

꾀부려 반대쪽 달리고 굴러가면
살려 놓을까 혼자서 날 잡아 보라고
빙긋이 웃어본다.
너만 갔겠지 살며시 눈떠본다.

아 여기 똑같이 와 있네.
끌텅 그루터기 남아 있다
버려도 버려지지 않고

잡아도 잡혀있지 않는
시간인가 세월인가

제비

언제 왔어.
물찬 제비
작년 식구들 잘 있어.
말없이 떠나간 너
서운하더라
집 주위를 몇 바퀴 돌 때
가는 줄 알았지만
빈집 쳐다보는 마음
섭섭하여 남쪽 하늘
바라보며 지금쯤 오리라
짐작했었지

살아있으니 만나네
멀리에서 돌아와
집수리하고
가족계획 세워야지
제비야 너는 계획이 있구나

예쁜 가족 만들어
돌아가는 꿈 이루어
물찬 제비로 돌아가렴
희망 가득한 너에 소망
이루고 행복하여라

올여름 먹이 물고 자식
입에 쏙 넣어주는 너의 모습
보고 싶단다

정감 어린 그 모습에
내 마음은 그리움이
아지랑이처럼 피어오른다
많이 사랑하지 못했던
그날의 아쉬움
눈물이 소낙비 되네

웃고 있는 고독

건물 그늘 밑에
웃고 앉아 있다
맑은 눈 평화로운 얼굴
근심·걱정 없어 티 없이 맑다.

혼자 하는 대화는
알 수 없지만
그가 이야기하며
웃을 때 나도 웃고 있었다

고독하냐고 물어봐도 웃고
배고프냐고 물어봐도 웃고
혼자 이야기 속에
빠져버린 고독은 웃고 있다

고독하면 웃어지는가?
고독은 눈물로 줄 그어지는데
웃음도 있었구나

당신의 웃음이
우리의 새로운 웃음으로
바뀔 때면 고독은
라일락꽃 향기로 숨어들어와

향기 있는 웃음이 되는 날
파랑새는 햇빛을 휘저으며
어느 창공을 날아가리라

아름다운 삶

짧은 만남
좋은 인연
아름다운 삶의 꽃

보듬을 줄 알고
버릴 줄 알고
끌어주고
밀어주고
아우르는 멋

삶이 있으니
역사가 만들어지고
이어지는 고리 되어
또 다른 아름다움
색다른 삶 모습 보인다.

햇빛 받은 영롱한
이슬방울
청초한 풀잎에서
잠시 잠깐 머물다 간다.

아쉬움이 머물고
스치는 짧은 순간
버릴 수 없는 것은
짧은 만남에도
확실하게 남는다

보석 같은 삶
인연의 끈으로
얼기설기 생명 있는
아름다운 꽃으로 살련다.

생명 있는 삶은
자양 되는 모든 것이
공존의 아름다움이다

가을은 겨울을

가을은 겨울새를 위하여
꼭대기에 먹음직한 감 하나
달아둡니다.

마지막 이파리 떠나보려 합니다
붙어있음이 힘겨워 애처로워도
겨울을 맞이하려면 비워 줘야지

쓸고 닦아 깨끗한 자리 첫눈 앉아야지
임의 차가움도 따뜻한 만큼
깊은 사랑일 것입니다

나를 만나려고 하늘 구만리
찾아와 내려온다는
바람의 편지 받았습니다

이제 다 벗고 비우고
임의 품에 안기렵니다
사람들은 춥다고 하지만

나는 포근하고 참 좋은
임의 품속이라 말하렵니다
우리만 아는 사랑입니다

말로는 표현할 수 없는
가을에 맞이하는
겨울 사랑 눈 속에 안깁니다

동장군 춥다고 밀어내지 말아요
너무 움츠리지 마세요
눈 소식과 함께 꽃소식도 전합니다

동백꽃 피는 모습 보세요
비파 꽃 털옷 입고 왔어요
겨울은 임으로 오신답니다

찬바람이
임을 더 힘주어 껴안게 한답니다

봄 오시네

새초롬한 봄 오시네요
이산 저산에 붓 들고
그림 그리신 대요
겨우내 봄을 뎃상하여
보이지 않는 곳에
꽃눈을 그리고 있었네

싹의 눈, 꽃의 눈 그리고
풀의 눈 깜찍하게 뜨고서
하늘 바라봅니다
하늘에는 봄이 보낸 노래
예쁜 게 울려 퍼지네

구름 봄 노래 맞추어 춤추듯
가고 오네 여기는 아름다운
동산이라네

봄은 나에게 내 친구에게
주인으로 모신다고 하네요
봄이 봄답게 꾸밀 테니
주인님 보시고 즐기라네

물오르는 봄
덥석 껴안아 준 이
나른한 꿈속 포근하여라
삶이 봄을 기다리는 까닭은
오만가지 생명이 꿈틀거리고
일어나 빛을 발하는 것이라네

백치가 되어서

순결한 봄을 안으련다.
연푸른 새싹 되어

봄 속에 살련다.
진달래 피고 종달새 찾아오면
한 그루 나무로 고개 들라 하네

울 림

당신의 미소는 내 마음에 울림이었어
잔잔하게 떨려온 진동 내 가슴 때려놓고
술래 되어 숨어버린 너

내 마음은 사랑으로 커져 버렸어.
미치도록 보고 싶구나!
기약 없이 가버렸으니 만날 길 없어라.

이루지 못할 사랑이라면
쳐다보지 말아야 할 미소였을까?7
처음 느껴본 울림 지워지지 않아요.

감미롭게 들려오는 버스킹 음악 속에
한 개의 미소 천 개로 떠오르네!
살며시 파고든 떨림

진동되어 큰 울림 만들고
내 마음 훔쳐 갔으니
여기서 기다리련다.

잊지 못할 울림 살아있으니
잊을 수 없는 미소 돌아온다면
오래오래 여기 살리라

제목 : 울림
시낭송 : 박영애

스마트폰으로 QR 코드를 스캔하면
시낭송을 감상할 수 있습니다.

4부 - 흘러가요

가는세월에 사무침이
옹이가 되고
아직 나는
사르지 못한 옹이
추억 통에 모아 돌리고 싶다

빈집

새터를 다듬어
둘째 셋째 집을 짓는다
며느리 들어오고 손자 낳고
살만하다 조상님 은덕이네

마을회관에 모이라는 이장님 말씀
동네 어르신 다 모였네!
마을이 철거된단다
사백 년 모셔온 조상 망했네

이만큼 좋은 동네 어디에 만들까?
풍천장어 갯것 뻘밭 어쩔 거나
못 간다고 버티어도
보릿고개 이길 수 없어 가야 한다

자고 나면 떠나간다
뒷집 옆집 비고 앞집도 비어있네!
정만 남은 집에 밤 되면 사람 소리 들린다
할머니 담 넘어 누구요 라고 물어본다

불 꺼지고 아무도 없네! 아버지 헛기침으로
할머니 달래고 우리도 가야 한대요
아침에 성희 숙자 할머니 못 봤어 하는
할머니 말씀에 할 말 없어 트럭에 이삿짐 싣다

참새도 날아가고 구름도 흘러가고
산과 산 겹쳐지는 내도량 따라 보이는
파란 바다 정인지 그리움인지
물안개 일어나 정 떼는 인사한다

일어나보니

대나무 숲
노랗게 익은 큰 술독에
달. 할머니. 내가. 뜨네!
새콤달콤 톡 술 냄새에
코가 좋아라. 발름하고
잠들었다
깨어나 보니 아무도 없어

예쁜 호리병 머리맡에 있고
튼튼한 가죽신 신고
괴나리봇짐 옆에 있어.

봇짐 속 뒤져보니
나팔꽃 그림 있는
꽃 버선. 외씨버선 있어.

그때야 누님 집 심부름인가?
손으로 짠 장갑 목도리
두루마기 올올이 한 땀 한 땀
짜낸 어머니 손 그림 느끼어

언제인가
어디쯤인가
일어나 보니

가죽신 실이 터지네!
갖바치 어르신 큰 손녀
나를 그리며 만든 신이라 했어.

목말라 호리병 흔들어보니
달그림자 할머니 얼굴 들어간
맑은 술 다 날아갔어.

시인 눈

반짝반짝
옹알옹알
그냥 좋아 씩 웃는 아기 눈

성선 성악
공자 왈 맹자 왈
여봐라 이놈 저놈 임금 눈

네가 옳아 내가 옳아
바람 타고 구름 타고
줄 타다 밤안개에 빠진 예쁜 눈

우리 서로 속 봤다
너 속 이렇지 속없는 놈
속 도둑 욕심으로 버린 눈

혜안
다 안다. 환하게 보여
세상살이 저승 살이
스님 보살 목사 장로 입만 보여

시인 눈은 예쁜 모습 찾으려고
눈을 감고 속눈으로 바라본다.

신 기류

팔 뻗으면 잡을 것 같은 너
그리 멀리 있지 않고 근방 만나볼 것
같아 달려왔는데

없어
아쉬워서 다시 고개 들어보니
저만큼 있구나!

내가 좋아하는 파도 치는 바다
섬 배 갈매기 보인다.
만나보자

자동차 타고 빠르게 달려 왔는데
끝없는 사막이야.
너는 다른 모습으로 오라 하네

오아시스 숲을 만들고
손짓하는구나
만날 때까지 가보자

내 기억은 여기인데
떠났네! 속은 것인가
지인은 허허하며 착시란다

반딧불

호박꽃 속 반디 부드럽고 연한 빛
호롱불 끄고 쳐다보면 마음 빼앗아가
책을 펴면 글자 보여 다른 불 없어도 된다.

서로가 반디 등불 만들어 어둠 속
이빨 드러내며 웃었지!
연초록 연로란 빛살에 무더위 녹였어.

덩굴손 줄기로 호박꽃 입구 묶어 봉하면
서너 개 반디 그 속에서 퍼덕인다.
자유 달라고 불 꺼버린다.

꺼져버린 등 필요 없어
버린다. 잠가버린 꽃 속은 그들의 감옥
그때는 몰랐지 고통은 모르고 빛만 좋아했어.

아픔은 개똥벌레 것 밝고 예쁜 빛만 내 것
철모르던 이기심 세월 가버린 오늘 용서 빌어요.
나만 좋아 괴롭힌 그 시절 친구들

신기하고 놀라운 반디야
아름다운 너의 빛이 언젠가는
놀라운 모양으로 우리의 이마에서 빛나는

염색체 되어 어두움 밝혀줄 거야

어리어리

가 봐하니, 보았어! 만져 봐하니
어때니? 웃었어. 울었어
예뻐 미워 무슨 생각 했어.

무슨 소리 났어.
바람 소리 파도 소리
물 도량 소리
개 짖는 소리
고양이 우는 소리
닭 우는 소리

개구리 소리
매미 소리
귀뚜라미 소리
저수지 우는 소리
산천이 떠는소리

숨이 차도록 뛰어가더라
꿈이 있는 곳으로
오색 풍선 날려
못다 이룬 꿈 잡으라더라

잡을 듯하고 잡힌 듯하고
여기저기 거기
이생 저생 야생

어리어리 한세상 가 버린다.

시(詩)의 맛

할아버지 장난감 쇠스랑으로
시 더미를 파니
숙성되어 익어가는 詩 김이 오른다.

지금까지 맛보지 못한 천상의 맛인가?
사랑 미움 그리움 외로움 덕 쌓고 복자음
산 바다. 들 詩라는 누룩에 익어가네!

그 집 앞 지날 때
그냥 못가 걸음 멈추고
여보시오 詩 한 잔 주시라 청하였네!

이리도 맛있는데 어떻게 가겠소
향에 취하고 맛에 잠들어
비몽사몽 꿈속이라

꿈에는 거산(巨山) 같은 선배님 웃고 있소
한 수씩 주는데 그릇 작아 넘쳐 버렸네!
임들의 시 향 천리만리 퍼졌으니

향기 따라 벌 나비
춤추듯 찾자 가련다.
지금도 시 더미에 익은 김은 오르고

시가 익어가는 우리 동네
대한민국 시 축제
국제 페스티벌 만들어

시詩 맛 자랑하세

여객선

얼굴마다 아쉬움 그리움 설렘
오고 가는 바쁨에 감추고
커다란 덩치 물 위에 떠간다.

갈매기 배꼬리에 날아오니
세월 넘어 동심에서 먹이 한 줌 던져본다.
정확하게 받아 가는 재주에 눈을 빼앗아 간다.

섬 찾아가는 배
동심은 소풍 같다
긴 머리 소녀
파마머리 아줌마
배낭 메고 낚싯대 든 아저씨

목적지는 같아도 생각은 제각각
여기는 바다 다들 파란 청록색
물보라에 눈이 모여 있다

간간이 보이는 무인도에
마음을 빼앗긴 듯 멍하게 쳐다본다.
파란 하늘 뭉게뭉게 떠 가는 구름 보며
물살 부서지는 뱃머리에 서 있으니

아름다운 그림보다
더 아름다운 그림이다

참 아름다운 바다에 태워준
여객선이 고마워라

사무치는 그 날

벼슬 세운 수탉이
지붕 위 용마루에서
홰치며 울던 모습에
관심 없던 우리 시선을
한꺼번에 끌어간다.

달—불태우며 노소 없이
어울리고 덕담 주던 어르신
보리밭 밟기에 남녀노소
보리 풍년 기원하던 날

소나무 옹이를 모아
깡통 불 돌리던 불놀이
잘 못 날아간 깡통 불에
쌓아둔 볏짚 불타던 날

송아지 팔려 가
며칠 동안 식음 전폐하고
울던 암소의 모정
마르지 않던 눈물 보던 날

뚜렷한 그 날들 마음에
모였는데 함께 울고 웃던
임들은 보이지 않는다

가는세월에 사무침이
옹이가 되고
아직 나는
사르지 못한 옹이
추억 통에 모아 돌리고 싶다

탈바꿈

신록이 저물어가는 여름
왕개미 날개 달고 하늘
여행가고 넉 잠을 깨고
일어나 해탈한 누에
실을 뽑아 영성 집 짓네

땅속에는 굼벵이 머리 들고
오늘인가 내일인가
문이 열리고 파란 하늘에
안길 날 기다리네

그날이 오면 아름다운
목소리로 노래 불러
잠자는 임들 깨우라네

말매미 유지매미 애매미
탈바꿈 잔치는 노래로 한다네
한꺼번에 큰소리 노래 들려오네!

임은 깨어나
어느 노래에 장단 맞출까?
곰곰이 생각하네

깊어지는 생각은 노래가 아닌
울음으로 드리고 소리가
날카로운 애매미 울음에
멈추어 버리네

삶은 많은 것 생각하다
한곳에 멈춰 버리는 것

멈춰버린 곳에 탈바꿈의
역사가 이어지려 하네

어머니 바다

어머님 마음
넓은 바다
숨어 들어가면
속에 있는 모든 것
내어주고 배불리 먹으라네

수만 가지 먹이 사슬
의리 좋게 살게 하고
때가 되면 서로가 먹이 되어
공존하는 바다는
어머니 품

어느 자식 누구나
굶기지 않네

물속에는 예쁜 세상 있네

바다풀 너울춤 추고
산호들 찬란한 색깔
고기떼 무리 지어
오고 가는 활기찬 기운

여기가 바다라네

틀

틀 밖을 그리워하며
틀 속에 있다.

틀이 싫어 뛰쳐나가면
또 다른 틀이 만들어진다.
수많은 형상이 뒤엉키면
틀을 깨부순다.

틀이 없는 곳이 자유란다
얼마를 가다가 보면 자유라는
틀이 만들어져 자유를 억압한다.

틀을 버리기보다
친구가 되는 것이
짧은 삶이 편함일까

틀은 영원하고 삶은 한정이니
너 속에 사는 것이
운명이라면

차라리 선한 틀
좋은 우리를 만들어
친구 되자

굴레와 멍에

아버지 말소리
이랴 자자 우우 워
큰 황소에 멍에를 지우고
하는 말이 신기하다.

무슨 말인지 몰라서 그냥 쳐다본다.
황소는 잘 알아듣고 따른다.
큰 덩치에서 나오는 센 힘을
멍에로 연결한다.

많이 커서야 굴레의
소중함을 알았다
굴레는 평생 죽을 때까지
가져야 하기에 코를 뚫고
피를 흘리며 코에 박았다.

멍에는 일할 때 목덜미에
씌우고 땅을 뒤엎고
집채만 한 짐을 옮긴다.
굴레가 없으면 싫다고 엎을 것이다

큰일 할 때는 멍에만 보인다.
멍에가 제자리 지킬 수 있게 하는
굴레는 없어 보인다.
세월 지나 깨달을 때 굴레가 보인다.

밥상머리에서 굴레를 받았다.
한 마디씩 주던 그 굴레로
넓은 세상 무탈하게 살았소
삶의 무게를 끌고 왔다

굴레 없이 멍에를 씌우면
사고 다발 아닌가요
차라리 자연 그대로 두시지요
굴레도 싫고 멍에도 싫은 오늘 사람들

지구가 싫어한답니다

* 이랴(가자), 자자(왼쪽), 우우(오른쪽), 위(서라)

추억 물주다

물 주니 살아난다.
소금 뿌리니 미역처럼
파랗다

사탕 주니 아기처럼 방긋
시간의 먼지를 털고
일어선다.

누가 너를 지나간
세월이라 말하겠니?
이렇게 생생한데

오대양 육대주
영역 표시하던 시절
자갈 폭풍 구름 같은
메뚜기 떼

메뚜기 지나가면
농사 다 먹어버리고
농부들 눈물만 보이더라

맨발로 물지게 지고
종종걸음 하는
베두인 소녀 잠시 마주친
초롱초롱한 눈망울 무엇을 말했을까?

소금 먹은 추억은 미역처럼
파랗게 살아나와
껍데기를 웃게 한다.

살은 빠져나가고
그 속에 채워지는
너의 양이 많아지니
행복 숫자가 늘어난다.

추억아! 우리 사탕 먹으며 웃자

* 베두인 : 사막 초원에서 양치는 유목민

변화

꼴등 하던 나
일등 되다
대열 뒤 돌아가
일등 된 이 부담이더라.

갑자기 세상의 모든 돈이 쓰레기보다
가치가 없다 한다면 돈 치우는데
비용이 많이 들어야 하겠지.
부자와 은행은
어떤 방법으로 부자가 되려고 할까?

태풍 같은 변화가
엄습해오면 당신은 바람 타는
기술 연마하고 구름 잡는 방법
습득해서 먼저 날아오르면
살아남을 거요

지구가 점점 이상해요.
불은 터져 나오고

얼음은 녹아 흘러버리고
지구는 스스로 흔들어
생명을 찾으려 합니다

지구가 생명 찾는 날 천지개벽
친구야 우리는 다 가야 해요
슬퍼하지 맙시다.
감사하게 잘 살고 간다고.
인사하렵니다.

미쳐야 보인다

만만한 삶이 있더냐
진흙을 밟고
쓰레기를 뒤지고
나보다 더 빠른 사람 미워도 했다

따라가다 지쳐 서 있으면
넋 놓는 한마디
너 그것밖에 안 되니
속에서 어쩌라고 받아친다.

땅은 흙빛 하늘은 파랗다.
그사이 공간에 미쳐있는 자
빨강 하늘 초록 땅 발을 옮길 때마다
스펀지처럼 땅이 움푹움푹하다.

무엇을 버릴 거야 가질 거야
논두렁 머리에 수건 쓰고 서 있는 어머니
손 젓으며 어서 가란다
길 안 보이고 날 어두운데
혼자 가야 하는 길이란다

추웠다. 더웠다 하는 세상
가다 보니 더워서 개울
웅덩이에 뛰어들었다.
물이 깊어 허우적거린다.

온 힘 다하여 물을 때려도
가라앉는다. 얼마나 지났을까?
다리에 힘을 주니 머리가
물 위로 쑥 올라와 푸 하고 숨을 쉰다.

미친것처럼 물을 때려야!
살아가는 방법을 얻는다
쉬운 삶 없더라
공짜도 없더라

맞서야 하는 세상 미쳐야 지나간다.

꿈 장가보낸다

페르시아 공주 찾아서
높은 산 산소 희박한 곳
호흡곤란 참으며 금 캐러 왔다
공주가 금을 좋아한다.

구리 속에 숨어있는 금
호수 같은 웅덩이에서
원석 금덩어리 건져 올리고
공주를 품에 안은 듯 웃었다

아기 키만 한 금덩어리
눈을 깜박이며 내 품에 안긴다.
웃음도 잠깐 너무 무거워
목마르고 배고프다

누가 볼까 봐 황토 발라 돌로 위장하고
내 꿈이 공주한테 장가간다.
콧노래 불렀네
기쁘고 즐겁도다

걸어도 길은 줄지 않고
더 무거워진다.
내려온 길 아득한데
보이는 길은 더 멀다.

지쳐 금덩어리 베개로
잠들 때면 꿈속에
공주 걸어 나와 촛불 들고
춤추잖다

얼마나 왔을까 어느 촌 동네
주막에 보리빵 굽는 냄새
찾아 들어가 보니 안고 있는 돌덩이
버리고 들어오란다

홍차에 보리 떡 절인 올리브
주린 배 채우고 깜박 잠자고 깨어나
팔렘 공주 물어보니 시집갔대요
집안이 폭삭 망해 어디론가 갔단다

후닥닥 일어나 밖에 있는 내 금덩어리
찾아보니 그대로 있다.
물로 씻어보니 반짝인다.
내 얼굴 비춰보니 폭삭 늙었다

작은 나 큰 나

같은 공간에 두 살림이요
바람은 흔들고 작은 나는
버티며 투정이요

이것저것 모아 쌓은
방패 뒤에 숨어 살만하다
안심하며 더 좁은 공간에
숨고자 하네

뭐 하는데 작은 불빛 포장집
맑은 술잔 속에
나타난 거인 나를 찾아
큰 웃음 즐겨 본다.

까짓 그것 버리면 되지!
허허 비우면 되지!
작은 나에 등을
토닥토닥 두드려 준다.

작은 나에 투정은
큰 나의 웃음 속에
투쟁의 꽃 피웁니다.

허허 버려도 비워도
피어 있는 꽃은
자리를 잡고 반짝이는 눈은
욕심을 껴안는다

내 코가 식으면
손바닥 펴 놓고
파랑새 형체 없는 곳으로
날아 가리라

하늘 정원

봄은 하늘 정원
바람은 살며시
볼을 감싸고

햇볕은 따뜻하여
포근해서 머리 들고
나오는 아무개들

예전에는 몰라서 너의
아름답고 웅장한 모습을
사랑 품은 자태

감사로 만세 부르는 광경
배고픈 자 다 와라.
먹여주리다

넉넉한 먹이 사슬 엮어서
나비 꿀벌 개구리 토끼 노루
불러와 함께 놀자

산천경개 허물고
간 제비 돌아오는 곳
여기가 하늘 정원.

詩 있는 세상

참 아름다운 세상
펼쳐진 詩들이 빛을 발하다

너무나 아름다운 詩들
표현할 말이 부족하다.

세상 말 다 모아도 표현되지!
않아서 답답하다

여리고 순수한 詩들이
흠집 없이 상처받지 않고

세월 속에서 잉태되기를
소망한다.

날마다 살아 펼쳐진 詩와
꿀맛 같은 이야기 음악이어라

꽃들의 푸념

삼동 얼음 바람 불 때면 좋은 날 생각에
꿈꾸며 참아야 하느니라
내 속 달래며 봄 기다렸지!

할미꽃 매화 개나리 진달래 산수유
벚꽃 백목련 철쭉 유채꽃
계절의 여왕 오월 꽃 중의 꽃 장미

세월 열차에 꽃들이 무정하답니다
할미꽃의 슬픈 추억만 남았습니다.
비 맞은 벚꽃 사흘 만에 떨어진 아픔

영산홍 첫사랑 진달래 애틋한 사랑
개나리 깊은 정 매화 고결한 마음도
세월 속 화무십일홍

오월에도 피어 있는 늦은 동백꽃 한마디
너희가 세월을 아니 누구보다 너를
사랑한다. 겸손한 마음으로 그저 지켜보련다.

빨강 장미 이래도 가고 저래도 가는 세월

열렬한 사랑 불타는 사랑 늦둥이 만들어보자

후회 없이 사랑하고 삼꽃 자애의 목걸이 만들어 드리리다

오월에는 오월동주 함께 배 타고 가자

이 푸념 저 푸념 겸손하게 버리고

푸른 잎 푸르게 함께 살자

그 시절

삶이 있는 곳에
연장이 있어요.
부엌살림
절구통, 도굿대
키, 체, 조리대
호미 베틀 아내 것이요

쟁기 멍에 이 음대
대빗자루 낫 도끼
지게 바지게 괭이 곡괭이
남편 것이래요.

볼수록 소박함
정겨움 느낌이다

모양 따라 쓰임 다른
연장 속에 울 엄마
울 할머니 생각난다.

쟁기를 한 손에 잡고
워 하며 소를 세우고
쌈지에서 담배를 꺼내

종이에 말아 침으로 붙이고
성냥 그어 불붙이던
아버지 모습

쟁기 잡은 검게 탄 손이
지금처럼 그리워질 줄은

미처 몰랐습니다.

꿈 꽃 피기까지

최이천 시집

2020년 10월 22일 초판 1쇄
2020년 10월 26일 발행
지 은 이 : 최이천
펴 낸 이 : 김락호
디자인 편집 : 이은희
기 획 : 시사랑음악사랑
연 락 처 : 1899-1341
홈페이지 주소 : www.poemmusic.net
E-Mail : poemarts@hanmail.net

정가 : 10,000원
ISBN : 979-11-6284-240-9